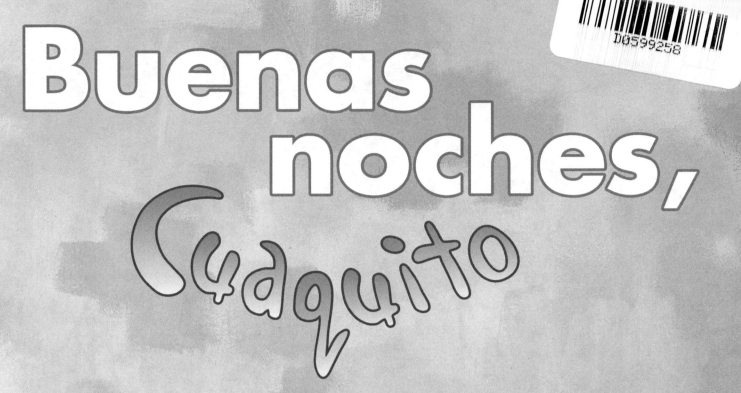

Buenas noches, Cuaquito

Lauren Thompson *ilustraciones de* **Derek Anderson**

Scholastic Inc.

Mamá Pata tenía cinco patitos: Chapucina, Chapucín, Chapuzona, Chapuzón y Cuaquito.

—Acuéstense juntitos y cierren los ojos
—dijo Mamá Pata al final del día—.
¡Buenas noches, patitos!

Así que Chapucina, Chapucín, Chapuzona, Chapuzón y Cuaquito se acostaron junto a su mamá. Entonces, los cinco patitos vieron unos *destellos, destellos, destellos*.

—¡Mira, mamá, mira! —dijeron—.
¿Qué es eso que destella en la oscuridad?

—Son luciérnagas dándonos las
buenas noches —dijo Mamá Pata—.
Eso es lo que destella en la oscuridad.
Pero ya es hora de dormir, patitos.

Chapucina cerró los ojos y se durmió.
Pero Chapucín, Chapuzona, Chapuzón
y Cuaquito seguían despiertos.
Los cuatro patitos oyeron
¡Uuuuu! ¡Uuuuu! ¡Uuuuu!
—¡Oye, mamá, oye! —gritaron—.
¿Qué es eso que suena en la oscuridad?

Mamá Pata prestó atención.
—Es una lechuza que está posada
en lo alto de un árbol —dijo—.
Eso es lo que suena en la oscuridad.
Pero ya es hora de dormir, patitos.

Chapucín cerró los ojos y se durmió.
Pero Chapuzona, Chapuzón y Cuaquito
seguían despiertos. Los tres patitos vieron algo
mecerse, mecerse, mecerse.
—¡Mira, mamá, mira! —gritaron—.
¿Qué es eso que se mece en la oscuridad?

Mamá se volteó y miró.
—Es el árbol junto al que ustedes juegan
—dijo—. Eso es lo que se mece en la oscuridad.
Pero ya es hora de dormir, patitos.

Chapuzona cerró los ojos y se durmió.
Pero Chapuzón y Cuaquito seguían despiertos.
Los dos patitos oyeron
suis, suis, suis.
—¡Oye, mamá, oye! —gritaron—.
¿Qué son esos susurros en la oscuridad?

Mamá Pata prestó atención.
—Son los juncos, que le susurran a la noche
—dijo—. Eso es lo que susurra en la oscuridad.
Pero ya es hora de dormir, patitos.

Chapuzón cerró los ojos y se durmió.
Pero Cuaquito seguía despierto.
Cuaquito miró. Cuaquito escuchó.
Por todas partes estaba *oscuro, oscuro, oscuro.*

—¡Mamá! —gritó—. ¿Dime, por favor, por qué es tan oscura la noche?

Mamá Pata alzó a Cuaquito.

—Es para que la luz de las estrellas brille en la oscuridad —dijo—. Por eso la noche es tan oscura. Pero ya es hora de dormir, patito.

Cuaquito cerró los ojos…
y se durmió…

¡Buenas noches, patitos, buenas noches!

Dulce sueños, Cheryl
—D.A.

A Owen, nuestro
adorable patito—L.T.

ISBN 978-0-545-60549-6

12 11 10 9 8 7 6 5 4 3 2 1   13 14 15 16 17 18/0

Printed in the U.S.A.   40

First Scholastic Spanish printing, September 2013

Title hand-lettering by Derek Anderson

Book design by Greg Stadnyk

The text for this book is set in Stone Informal.

The illustrations for this book are rendered in acrylic on canvas.